DISCOURS

PRONONCÉS

DANS L'ACADÉMIE

FRANÇOISE,

Le Jeudi XXI Mars M. DCC. LXXI.

A LA RÉCEPTION

DE M. GAILLARD.

A L'IMMORTALITÉ

A PARIS,

Chez la V. REGNARD & DEMONVILLE, Imp. de l'Académie
Françoise, au Palais, à la Providence, & rue basse des Ursins.

M. DCC. LXXI.

*M. GAILLARD ayant été élu par Messieurs
de l'Académie Françoise, à la place de
M. l'Abbé ALARY, y vint prendre séance
le Jeudi 21 Mars 1771, & prononça le
Discours qui suit.*

MESSIEURS,

QUAND j'ai osé solliciter vos suffrages, je n'ai
point eu la présomption de regarder mes foibles
essais comme des titres ; j'ai seulement espéré beaucoup d'indulgence, parce que j'avois pour Juges des
hommes supérieurs : j'ai demandé, non la récompense de mes travaux, mais le plus puissant encou-
ragement à de nouveaux efforts plus dignes de vous.
Vous m'avez exaucé, MESSIEURS, j'ai reçu le prix
d'avance.

A ij

Je viens le reconnoître & en faire gloire ; je viens
goûter le plaisir de me voir entouré de bienfaiteurs
& d'amis, dont la France s'honore, & que l'Europe
écoute. Je viens, Messieurs, dans ce Temple des
Muses, jurer par vos exemples, & par le bienfait
dont je vous rends grace, que tous mes écrits respi-
reront la justice & la bienfaisance ; qu'également
éloigné de la licence qui se permet tout, & de cette
timidité lâche qui s'interdit des vérités utiles, je
détesterai toujours les souplesses de l'intrigue, les
bassesses de la flatterie, les fureurs de la satire. Si
je suis en butte à la critique, je renonce au triste
avantage d'en repousser les traits, non par orgueil
ou par mépris, mais parce que l'Écrivain qui veut
être utile, doit se perdre de vue pour n'envisager
que son siècle & la postérité ; parce qu'il vaut mieux
profiter de la censure que d'y répondre ; enfin, parce
que ces querelles de l'amour-propre ont trop souvent
avili les Lettres, & que je voudrois concourir, avec
mes illustres Confrères, à les honorer. Si ce vœu est
rempli, Messieurs, je vous aurai prouvé ma reconnoissance.

Le jour où l'Auteur de la Henriade vint s'asseoir
parmi vous, apporta un changement dans la forme
des remercîmens académiques ; une route nouvelle
fut ouverte à l'Éloquence, elle sortit du cercle étroit

des éloges ufés ; pour traiter devant vous un de ces fujets dont vous aimez à vous occuper. Cet exemple a été fuivi , & il me fervira de règle. Je choifirai le fujet que le moment m'indique. Je commencerai à me pénétrer de l'efprit de votre inftitution ; je montrerai la protection des Rois encourageant la liberté littéraire ; mais ce beau fujet ne fera qu'ébauché.

Les grands Hommes fentent le befoin qu'ils ont de leurs femblables. L'efprit le plus vafte eft toujours bien borné ; mais il voit fes bornes , & il cherche à les reculer par la communication des lumières : de-là les Sociétés littéraires ; de-là auffi la liberté qui doit y régner , & fans laquelle on eft inutile à foi-même & aux autres.

Les grands Princes ont intérêt d'avoir des Sujets éclairés ; ils ont pris plaifir à former & à protéger ces Sociétés favantes.

Charlemagne eut le malheur de faire des conquêtes , parce qu'il vivoit dans un fiècle qui méritoit des Conquérans, par la ftupide admiration qu'il leur prodiguoit ; mais le principe de la vraie grandeur étoit dans l'ame de ce Prince. Charlemagne, averti par Alcuin qu'il exiftoit un autre genre de gloire favorable à l'humanité, s'empreffa de le faifir. Son Palais devint l'afile des talens échappés à la barbarie. Il forma un Corps littéraire dont il voulut être

Membre ; & les Académies auroient le même droit que les Univerſités, de regarder Charlemagne comme leur premier Fondateur. Il aſſiſtoit aux aſſemblées ; il propoſoit & permettoit des doutes ; il inſtruiſoit & vouloit être inſtruit.

Après la mort de Charlemagne, on crut avoir des affaires plus importantes ; on s'égorgea ; on s'empoiſonna ; la terre fut couverte de crimes ; les Lettres épouvantées s'enfuirent de nouveau devant la barbarie.

Saint Louis raſſembla quelques Livres & quelques Savans ; mais les Croiſades arrêtèrent tout le bien que ce grand Prince étoit ſi digne de faire.

Charles V voyoit le deſtin de la France attaché au deſtin des Lettres. » Tant qu'elles ſeront honorées, » diſoit-il, cet Empire ſera floriſſant ; ſi jamais on » les néglige, leur chute entraînera la ſienne (a).

L'Hiſtoire nous repréſente ce Roi ſage, goûtant les plaiſirs de la raiſon & de l'égalité avec les Raoul de Preſle, les Oreſmes, & tous ces Savans qu'il engageoit à traduire les bons Auteurs de l'Antiquité.

Le Père du Peuple, ainſi nommé par le Peuple

(a) Voici les propres mots de Charles V :

» Les Clercs où à ſapience l'on ne peut trop honorer ; & tant que » ſapience ſera honorée en ce Royaume, il continuera à proſpérité ; » mais quand déboutée y ſera, il décherra.

même , Louis XII, auroit cru manquer aux obliga-
tions qu'impofe un fi beau titre , s'il eût négligé
d'étendre les lumières de la Nation & les fiennes. Ses
bienfaits , & des égards encore plus flatteurs, attirè-
rent en France les Lafcaris & les Aléandres : la liberté
les y fixa.

Avec plus de zèle encore & plus d'éclat , le Père
des Lettres dépofoit aux pieds de la Philofophie les
lauriers de Marignan. Combien la fupériorité de
l'efprit dut alors exciter d'envie ! Elle eft fi enviée
lorfqu'elle ne procure ni rang ni fortune ! Elle étoit
la principale route de la faveur fous François premier.
Sa Cour étoit une Académie qui cultivoit toutes les
connoiffances humaines. A table , à la chaffe , en
voyage , aux promenades , par-tout fon Cortège
littéraire l'accompagnoit. Ses délaffemens étoient de
s'inftruire. Ses amis étoient des Savans vertueux. La
poftérité prononce encore leurs noms avec refpect.
C'étoient l'Archevêque de Sens , Etienne Poncher,
que François premier choifit pour ami , parce qu'il
avoit dit la vérité à Louis XII ; les Du Bellai, Budée,
qu'il fuffit de nommer ; l'Evêque de Montpellier,
Peliffier ; l'Evêque de Senlis , Guillaume Petit ,
homme jufte , Prélat plein d'humanité dans un fiècle
d'intolérance ; Du Châtel , le feul homme dont les
queftions avides de François premier ne purent épui-

fer la science, le seul auſſi dont les malheureux ne purent épuiſer la bienfaiſance; Du Châtel, le fléau des faux Savans, des Courtiſans & des Oppreſſeurs; qui diſoit à un Cardinal Perſécuteur: *J'ai parlé en Evêque, vous agiſſez en Bourreau;* qui entendant un Courtiſan trahir le Roi par une lâche adulation, lui dit: *De quel front oſez - vous haſarder devant François premier des flatteries qui feroient baiſſer les yeux aux Nérons & aux Caligulas?* Les Tyrans & les Eſclaves ſe liguèrent contre lui. Du Châtel fut averti par des ames foibles, que la liberté hardie de ſes diſcours pourroit bleſſer l'oreille du Maître. *Et moi,* lui dit François premier, *je vous ordonne de déployer en toute occaſion cette liberté généreuſe dont j'ai beſoin; ma protection, mon amitié ſont à ce prix.*

Charles IX.... ne frémiſſons point, MESSIEURS, au nom de ce Prince déplorable; Médicis l'entraîna dans le crime; mais il étoit né avec de la grandeur; Amyot & Cipierre avoient nourri ſon ame de principes vertueux; il aimoit les Lettres (*b*); elles rè-

---

(*b*) L'art de faire des vers, dût - on s'en indigner,
Doit être à plus haut prix que celui de régner;
Ta Lyre qui ravit par de ſi doux accords,
t'aſſervit les eſprits dont je n'ai que les corps,
Elle t'en rend le maître, & te fait introduire
Où le plus fier Tyran ne peut avoir d'empire.
Vers de Charles IX à Ronſard.

gnent

gnent fur les ames ; les Rois, felon lui , ne dominent que fur les corps. Charles IX fe trompoit, les Rois règnent fur les ames quand ils le veulent ; & Charles IX lui-même, appelant Ronfard à Amboife par des vers plus naturels que tous ceux de ce Poëte (c) , ou allant chercher ce même Ronfard & fes amis dans la folitude de Saint Victor, pour penfer avec eux , dépofant la Majefté Royale, & permettant aux Lettres de confondre les rangs, Charles IX alors régnoit fur les ames. S'il n'eût écouté que les accens des Mufes & que les leçons d'Amyot, la France n'auroit point à rougir de cette nuit affreufe , dont il faut qu'elle conferve le fouvenir , pour craindre toujours le Fanatifme.

Henri IV, qui difoit : *qu'on retranche de ma table pour payer mes Lecteurs* , eût encouragé les talens ; ce Roi populaire leur eût affuré la liberté qu'il aimoit à voir briller fur le front du moindre Citoyen ; il leur eût demandé la vérité qu'il alloit chercher parmi le Peuple ; il venoit de rendre la vie au Corps politique , il alloit le fortifier par les Loix & l'em-

---

(c) Il faut fuivre ton Roi qui t'aime par fur tous,
  Pour les vers qui de toi coulent nobles & doux;
  Et crois, fi tu ne viens nous trouver à Amboife,
  Qu'entre nous furviendra une très-grande noife.
          Du même au même.

                              B

bellir par les Arts : le Fanatisme renversa tout.

Un grand Ministre reprit l'ouvrage. Au nom de Richelieu, la reconnoissance seule doit ici se faire entendre. Détournons nos regards de cette administration sévère, qui excite encore un étonnement mêlé d'effroi, & qui plia pour un temps le caractère national au caractère d'un seul homme. N'examinons point si le calme ne pouvoit être rétabli que par des tempêtes ; s'il falloit que le sang coulât sur les échafauds pour ne plus couler dans les guerres civiles ; s'il est des temps où l'on ne puisse conduire que par la terreur ce Peuple qu'on mène si loin par l'amour : laissons la Politique admirer dans Richelieu les projets vastes & les grands coups d'autorité ; ne voyons en lui que le Restaurateur des Lettres & le Fondateur de l'Académie Françoise. Richelieu voulut que les titres & les talens réunis concourussent à la gloire des Lettres ; il sentit que quand la liberté seroit détruite dans l'Etat, elle devroit être l'ame d'une Société littéraire, comme un grand Roi a dit, que *si la foi & la vérité étoient bannies du reste du monde, elles devroient se retrouver dans la bouche des Rois.*

Depuis Charlemagne, on n'avoit point eu l'idée d'unir en un Corps les Ecrivains qui honoroient la Nation, de les intéresser tous à la gloire les uns des autres, d'en former comme un Sénat Littéraire ; objet d'ambition, ressort d'émulation, moyen de récompense pour les talens distingués : voilà le bienfait de Richelieu.

Seguier, qui s'étoit associé à son zèle pour les Lettres, Seguier fut digne de le remplacer. Le jeune Duc d'Enguien lui envioit cette gloire, & ce sentiment annonçoit déja le grand Condé.

La liberté est si essentielle aux Lettres, que ces premiers Académiciens comblés des faveurs du Gouvernement, regretoient toujours, comme l'âge d'or de l'Académie, le temps où, n'ayant pas encore attiré sur eux les regards de Richelieu, leur choix seul & l'amitié les rassembloient en silence chez Conrart.

Aussi Louis XIV & Colbert jugèrent-ils, que pour assurer à l'Académie la plénitude de cette liberté, il falloit lui donner ses Rois pour protecteurs. L'espace immense que le rang suprême laisse entre le Souverain & les Sujets, tourne au profit de l'égalité académique. Cette protection, MESSIEURS, vous est nécessaire; elle vous est due, & vous en jouirez tant que l'esprit & la raison seront comptés pour quelque chose, tant que la gloire & la vertu seront chères aux François, tant que la barbarie n'aura point accompli la prédiction de Charles V.

La liberté que nous réclamons, MESSIEURS, n'a rien de dur ni de farouche; elle est tempérée par

l'aménité que les Lettres répandent, & que doit aug-
menter encore le commerce de ce que la Cour a de
plus grand & de plus éclairé. Cette aménité, dont
tant d'exemples célèbres semblent nous avoir fait une
loi, distingua toujours ces vieillards respectables que
la mort vient de moissonner coup sur coup. Toute la
France sait que l'homme illustre dont vous venez d'entendre l'éloge, joignoit à des vues profondes & à des
vertus douces le génie des Graces, si l'on peut s'ex-
primer ainsi, & le sublime de l'art de plaire. La ten-
dresse que je lui avois vouée, doit s'applaudir qu'une
voix plus éloquente ait été chargée de lui rendre
l'hommage que mon cœur lui devoit. M. l'Abbé
Alary, moins heureux que M. le Président Hénault,
m'est tombé en partage ; il sera du moins loué par
l'estime & regreté par l'amitié.

Ce Savant modeste rechercha l'obscurité comme
on recherche la gloire. Dès l'enfance, il étonnoit les
Savans par ses dispositions pour les Langues, & par
ses connoissances précoces ; mais content de s'instruire, il négligea d'instruire les autres, par des écrits ;
car peu d'hommes ont plus instruit que lui par la
conversation : talent rare, qui suppose celui de plaire
& d'attacher. Il racontoit beaucoup, & on l'écoutoit
toujours ; c'est qu'il avoit vu en Philosophe, & qu'il
parloit en homme du monde : c'étoit le goût qui

mettoit en œuvre les tréfors de l'étude & de l'expé-
rience. Il compofa plufieurs ouvrages ; mais à peine
les a-t-il communiqués à un petit nombre d'amis.
Son éloquence naturelle & fa difcrétion le firent
initier aux myftères les plus importans de la politique. La douceur & la fureté de fon commerce le
rendirent agréable aux Grands , & précieux à la
Société.

Qui pourra fe flatter d'échapper à la calomnie ?
Elle n'a point épargné cet homme indulgent & fage,
dont jamais perfonne n'eut à fe plaindre. On voulut
le perdre à la Cour avant même qu'il y fût connu,
& ce fut la fource de fa fortune. On l'accufoit d'avoir
eu part à une intrigue qui éclata en 1718. M. le Ré-
gent , Prince jufte, mit M. l'Abbé Alary à portée de
fe défendre ; & quand il l'eut entendu : » *Vos Accu-*
» *fateurs* , lui dit-il, *nous auront fervis l'un & l'autre,*
» *en me procurant l'occafion de vous connoître* ». Il le
chargea d'enfeigner au jeune Roi la fcience des Rois,
l'Hiftoire. M. l'Abbé Alary parcourut avec Louis XV
les annales du monde ; il lui montra pour réfultat
général des révolutions guerrières & politiques l'éter-
nelle inutilité , par conféquent la folie cruelle de la
guerre. Si, comme on ne peut en douter, les leçons
de l'Inftituteur ont nourri dans le cœur de fon au-
gufte Éleve cette horreur de l'injuftice & de la vio-

lence , cette douceur bienfaifante & paternelle qui le caractérifent , fur-tout cet amour de la paix, ce principe heureux de modération & d'équité , dont l'Europe éprouve en ce moment des effets fenfibles, & qui n'eft pas un des moindres droits de ce grand Prince à notre amour, le nom de M. l'Abbé Alary ne peut être indifférent à l'humanité.

Il eut quelque temps le même emploi auprès de feu M. le Dauphin. Rendu à lui-même, fon Prieuré de Gournay fut pour lui ce que l'Abbaye d'Aulnay avoit été pour ce favant M. Huet. Là, il vivoit heureux avec des amis & des livres également choifis , ne défirant rien , ne regretant rien, jugeant tout avec indulgence, ne s'expofant point à être jugé ; mais ayant prouvé plus d'une fois, MESSIEURS, dans vos féances particulières, qu'au-deffous de ces Hommes rares qui fe recommandent à la poftérité par des chefs-d'œuvres , il eft un ordre d'Hommes que le goût & les lumières peuvent rendre utiles au Génie même.

Réponse de M. l'Abbé DE VOISENON au Discours de M. GAILLARD.

MONSIEUR;

L'ACADÉMIE avoit des droits fur vous. Vos travaux littéraires dans la Compagnie à laquelle vous tenez, nous ont paru autant de titres qui vous approchoient de la nôtre.

L'Académie Françoife & l'Académie des Belles-Lettres font deux Nations amies, dont les richeffes doivent être communes; & les tréfors de l'une deviennent plus précieux lorfqu'elle les porte en tribut à l'autre. Ce font deux rivières voifines dont les eaux fe mêlent de temps en temps, pour rendre plus fertiles les bords qu'elles arrofent.

Vous ne pouviez manquer, MONSIEUR, d'obtenir la place que vous avez recherchée; vous aviez en votre faveur le vœu de beaucoup de gens d'un mérite diftingué qui font vos amis, & les fuffrages de tous les gens de goût qui font vos lecteurs. Ils ont remarqué dans votre Hiftoire de François Ier, combien la protection accordée aux Lettres eft néceffaire aux Rois.

Votre morceau du *Concordat* fera toujours cité comme un modèle. Cependant, Monsieur, fi vous vous étiez borné à nous préfenter ce Roi dans fa conférence à Bologne avec Léon X, nous aurions accordé difficilement notre admiration à un Monarque, qui peut-être fit un peu trop au Pape les honneurs de la Royauté. Mais vous l'avez peint redonnant une nouvelle exiftence aux Lettres, chériffant, refpectant fon adorable fœur Marguerite de Valois, qui les aimoit & les cultivoit. Dès-lors nous oublions Pavie, Madrid, Bologne; les malheurs & les fautes difparoiffent : nous ne nous fouvenons que du Reftaurateur éclairé, & fon règne devient une époque mémorable dans la Monarchie.

Les Lettres forment une République libre & fière.

Elle eft libre, parce que rempliffant exactement tous les devoirs, refpectant l'amour de l'ordre, ne briguant ni richeffes, ni dignités, elle ne défire ni ne craint rien, & ce n'eft que le défir ou la crainte qui ôte la liberté.

Elle eft fière, parce qu'elle tient à tous les Empires; il n'y a point d'Etrangers pour elle. Les hommes de tous les Pays, dès qu'ils font éclairés, deviennent fes compatriotes : elle eft le nœud qui rapproche & qui lie toutes les Nations; & fon règne s'étend fi bien dans tous les climats, qu'à peine daigne-t-on gne-t-on compter parmi les Peuples de la terre ceux chez qui fes lumières font méconnues ou méprifées.

Elle eft la première à convenir de la différence des Etats ; mais en féparant les conditions & les hommes, elle s'acquitte de ce qu'elle doit aux unes, & fe réferve le droit de rendre juftice aux autres ; en un mot, elle fe pique d'équité, & nullement d'indépendance.

Les Gens de Lettres fupérieurs à l'ambition, la voient avec douleur, fans cependant la profcrire : ils favent qu'elle eft un mal néceffaire, d'où il réfulte de grands biens. Il faut qu'il y ait des ambitieux dans un Etat. Ce font des martyrs que la nature forme exprès pour le profit des Rois. Les Gens de Lettres font rarement du nombre : ils n'ont point la manie de vouloir gouverner ; mais en récompenfe l'avenir leur ouvre fon fanctuaire ; ils en font les Légiflateurs. C'eft là que leurs Jugemens font gravés fur des tables d'airain que rien ne peut détruire. Ce font eux qui dépofent la vérité entre les mains du Temps, pour affigner les places & détromper les fiècles. Les âges fe précipitent, les Rois tombent, les Royaumes s'écroulent ; les Lettres reftent, & deviennent des archives immortelles qui prouvent que les événemens les plus terribles ne peuvent rien contre elles.

C

Voilà la véritable gloire ; c'eſt celle des Gens de Lettres ; c'eſt la vôtre, Monsieur ; en qualité d'Hiſ-torien fidèle, vous venez de nous en donner une nou-velle preuve dans le Diſcours que vous avez prononcé; vous en avez fait un morceau d'Hiſtoire d'autant plus intéreſſant qu'il eſt plus reſſerré. En entrant dans ce Temple, vous avez rapproché tous les titres qui peuvent en relever la gloire, & vous êtes comme un propriétaire habile qui augmente la valeur du do-maine qu'il acquiert.

Vous nous avez fait ſentir ce que nous avons perdu dans la perſonne de M. l'Abbé Alary. Il avoit une ſcience douce & communicative ; il vous inſtruiſoit, il vous amuſoit, & ne ſembloit que vous entretenir. Tous les traits de ſon érudition, dépouillés de faſte, ne paroiſſoient que des à propos de converſation. Il habita long-temps Verſailles, & ne connut ni la haine ni l'intrigue ; auſſi en rapporta-t-il plus d'eſ-time que de récompenſes. Il avoit compoſé pluſieurs Ouvrages qu'il n'a jamais fait imprimer. Malheureu-ſement il a bien peu d'imitateurs. Sa mémoire étoit un recueil des anecdotes les plus rares ; & quicon-que auroit écrit ce qu'on lui entendoit dire, auroit été ſûr de donner les Mémoires les plus inſtructifs & les plus piquans. C'étoit un ami eſſentiel, un Académicien éclairé, aſſidu, conciliant, & ce qui à la honte du fiècle eft devenu un fujet d'éloge, il étoit honnête homme. Il emporte nos regrets, & le Public fans doute les partage. C'eft un tribut qu'on doit à tout ce qui porte le caractère de la probité. La fociété doit être en deuil toutes les fois que le nombre des honnêtes gens diminue. Pour réparer leur perte, le temps eft bien ingrat.

www.ingramcontent.com/pod-product-compliance
Lightning Source LLC
Chambersburg PA
CBHW061524170626
46811CB00004B/1834

* 9 7 8 2 0 1 4 4 8 9 1 3 2 *